Le Noël du roi Léon

Les Éditions du Boréal remercient le Conseil des Arts du Canada ainsi que le ministère du Patrimoine canadien et la SODEC pour leur soutien financier.

Les Éditions du Boréal bénéficient également du Programme de crédit d'impôt pour l'édition de livres du gouvernement du Québec.

Dépôt légal : 4e trimestre 2001
Bibliothèque nationale du Québec

Diffusion au Canada : Dimedia
Distribution et diffusion en Europe : Les Éditions du Seuil

Données de catalogage avant publication (Canada)
Davidts, Jean-Pierre

Le Noël du roi Léon

(Boréal Maboul)

(Les Mésaventures du roi Léon ; 8)

Pour enfants de 6 à 8 ans.

ISBN 2-7646-0133-6

I. Cloutier, Claude, 1957- . II. Titre. III. Collection. IV. Collection : Davidts, Jean-Pierre. Mésaventures du roi Léon ; 8.

PS8557.A818N63 2001 jC843'.54 C2001-941304-1
PS9557.A818N63 2001
PZ23.D38No 2001

Les Mésaventures du roi Léon

Le Noël du roi Léon

texte de Jean-Pierre Davidts
illustrations de Claude Cloutier

1

Pas un cadeau !

Le Grand Trésorier, l'hippopotame Tam, détestait l'hiver. Il ventait, il neigeait, il faisait froid. Mais surtout, surtout, le roi Léon ne sortait presque plus du palais. Alors, le roi venait le voir pour toutes sortes de raisons et l'empêchait de travailler.

Quand on parle du lion, on en voit la queue !

La porte de la pièce s'ouvrit brusquement devant le roi Léon, qui déclara à haute voix :

— Un anniversaire par année, c'est trop

peu ! À partir d'aujourd'hui, il y en aura au moins deux.

Maître Tam déposa la plume avec laquelle il inscrivait les dépenses du royaume dans son grand livre noir.

— Songez à tous les gâteaux qu'il faudra préparer, Sire. Cela coûtera cher. Trrrrrès cher.

— Ce n'est pas grave, lança le roi.

— Il faudra économiser ailleurs.

Une lueur d'inquiétude passa dans les yeux du roi.

— Ah ! Où cela ? demanda-t-il.

Maître Tam sourit malicieusement.

— Eh bien, nous ne pourrons plus acheter autant de billes. À moins que nous ne vendions quelques-unes de vos couronnes.

— Mes couronnes ! Vous n'y songez pas !

Le Grand Trésorier reprit sa plume. Il avait hâte que le roi s'en aille pour se remettre au travail.

— Dans ce cas, abandonnez votre idée. Sauf votre respect, Majesté, elle est ridicule.

Le roi se lamenta :

— Voilà près de six mois que je n'ai pas reçu de cadeau !

Maître Tam ne leva même pas la tête.

— On vit très bien sans cadeaux.

— Mais j'aime les cadeaux !

Le Grand Trésorier farfouilla[1] dans un tiroir de son bureau et en sortit une vieille gomme à effacer.

— Tenez.

— Que voulez-vous que je fasse de ça ? demanda le roi Léon.

— Ce que vous voulez. C'est un cadeau. Maintenant, laissez-moi, j'ai du travail.

Le roi partit en grommelant. Sans en être

---

1. *Farfouiller,* c'est chercher quelque chose en mettant du désordre partout.

certain, il avait l'impression que Maître Tam s'était moqué de lui.

En chemin, notre héros rencontra la poule Opo, qui promenait sa couvée. Elle lui présenta ses enfants, les poussins Frusquin, Glinglin, Honoré, Nectaire et Paulin. Le roi l'écoutait caqueter distraitement, se

disant que cela devait être merveilleux de vivre dans une famille nombreuse. À défaut d'avoir des cadeaux, on pouvait jouer avec ceux des autres. Malheureusement, le roi Léon n'avait pas de sœur. Encore moins de frère. Tout à coup, une idée lui traversa l'esprit. Pas de frère ? Et s'il s'en inventait un ?

2

Frère surprise

Au palais, la coutume voulait qu'on change de Grand Chambellan[1] chaque mois. Ainsi, tout le monde avait la chance de côtoyer le roi et de se familiariser avec les affaires du royaume. Cela soulevait parfois des difficultés. Quand était venu le tour de la mouffette Dépair, par exemple, le roi Léon s'était promené un mois entier avec une pince à linge sur le nez !

---

1. Le *chambellan* est le domestique qui s'occupe de la chambre d'un roi.

Pour l'instant, le Grand Chambellan n'était autre que l'éléphant Tastic. Comme il était trop gros pour passer par la porte de la chambre, Maître Tastic devait s'agenouiller à l'entrée et tendre la trompe pour aider le roi à s'habiller ou pour lui servir son petit déjeuner.

— Le Grand Facteur a laissé une lettre pour vous ce matin, annonça le Grand Chambellan.

Maître Tastic prit l'enveloppe par le bout de la trompe et souffla très fort. La lettre s'envola et atterrit sur les genoux du roi Léon.

— Malédiction ! s'exclama le roi en l'ouvrant.

— Qu'y a-t-il, Sire ?

— C'est mon frère. Il annonce qu'il me rend visite demain.

— Votre frère ! J'ignorais que vous en aviez un.

— C'est parce que je ne parle jamais de lui. Il me tape trop sur les nerfs.

— Pourquoi ?

— Il ne vient me voir qu'à son anniversaire pour que je lui offre un cadeau. C'est agaçant à la fin. J'en ai assez. Qu'il aille au diable. Quand il arrivera, racontez-lui que je suis malade, que c'est contagieux, que je ne peux pas quitter ma chambre. Organisez une petite fête. Donnez-lui n'importe quoi.

Je ne sais pas… des billes, par exemple. Comme ça il sera content et il s'en ira.

— Mais…

— Il n'y a pas de mais. C'est un ordre. Ne discutez pas, Tastic !

— Bien, Sire.

Le Grand Chambellan n'avait jamais vu le roi dans un état pareil. Quelle histoire !

En chemin, Maître Tastic rencontra le perroquet Skia et lui révéla ce qu'il venait d'apprendre.

— Surtout, ne le répétez à personne, dit Maître Tastic.

— À personne, à personne, promit le perroquet.

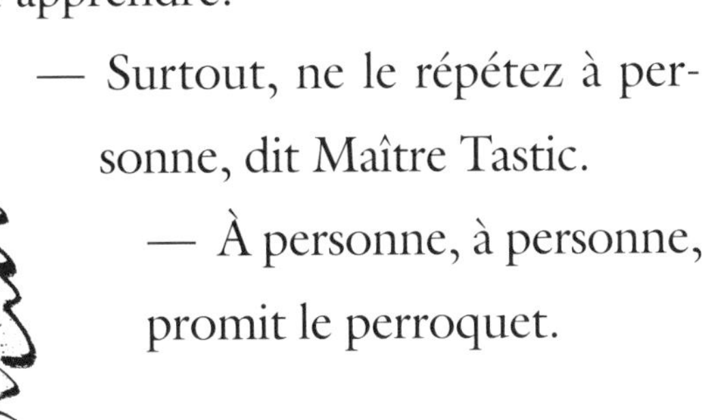

Mais, le soir même, partout on ne parlait que d'une chose : le roi Léon avait un frère, et ce mystérieux frère arriverait le lendemain pour célébrer son anniversaire au palais.

3

Oun drôle d'invité

Le lendemain matin, le roi Léon se leva avant le chant du coq. Il accrocha l'écriteau « Roi malade, ne pas déranger » à sa porte. Ensuite, il prit le balluchon[1] qu'il avait préparé la veille et quitta le palais sans rien dire par le Grand Passage secret. (En fait, tout le monde connaissait l'existence de ce passage, mais, chut !, c'est un secret.)

Une fois dehors, le roi posa son paquet

---

1. Petit paquet d'objets enveloppé dans un morceau de tissu.

par terre et en sortit un casque d'explorateur, des lunettes et un foulard. Il coiffa le premier, mit les deuxièmes sur son nez et se noua le troisième autour du cou. Il eut un peu de mal avec le foulard, car celui-ci était très petit. Quand il eut terminé, le roi cacha

sa couronne et sa cape et alla sonner à la poterne[1] du château.

— Qui va là ?

— *Yé souis lé frère dou roi Léon,* fit le roi en changeant sa voix.

Le garde s'empressa d'ouvrir.

— Entrez, entrez. Le Grand Chambellan m'a prévenu. Attendez ici, je file le chercher.

Quelques instants plus tard, il revint accompagné de l'éléphant.

— Bonjour, fit celui-ci. J'avais tellement hâte de vous rencontrer. Je suis Maître Tastic. Votre frère, le roi, est alité. Il ne pourra vous recevoir. C'est pourquoi il m'a chargé de m'occuper de vous. Malheureusement, le

---

1. Porte dérobée dans le mur qui entoure un château.

pauvre est si distrait qu'il a oublié de me dire votre nom.

Oups ! Le roi Léon n'y avait pas pensé. Il décida d'utiliser son propre nom, mais à l'envers. Il dit :

— *Qué yé m'appelle Noël.*

Maître Tastic sourit.

— Vous avez un drôle d'accent, Noël.

— *C'est porqué yé vécou longtemps dans lé Soud.*

— Ah ! je comprends. Eh bien, si nous commencions par manger un morceau ?

— *C'est oune bonne idée porqué yé souis mort dé faim.*

Ils prirent le chemin des cuisines en bavardant. Le roi Léon se sentait mal sous son déguisement. Le foulard l'étranglait, il

transpirait avec sa crinière enfouie sous le casque, et les lunettes étaient si fortes qu'il voyait tout embrouillé. Il ne supporterait pas longtemps cet accoutrement[1]. Plus vite il aurait son cadeau, plus vite il retrouverait sa couronne et sa cape. Pressé d'en finir, il déclara :

— *C'est mon anniversaire auyord'houi.*

— Yé sais, euh... je sais, répondit Maître Tastic, j'ai un cadeau pour vous. Je vous le remettrai tantôt.

Le roi se frotta les pattes. Pour une fois, son plan marchait comme sur des roulettes.

1. Habillement étrange et ridicule.

4

Régime forcé

— Je vous ai préparé le petit déjeuner préféré de votre frère, le roi Léon, annonça Maître Alé, le Grand Cuisinier du royaume. Une pointe de tarte aux bleuets garnie de crème fouettée, un bol de chocolat chaud avec des biscottes à la confiture et un morceau de gâteau aux bananes glacé à la noix de coco. Vous allez vous régaler.

Miam ! Le roi Léon s'en pourléchait déjà les babines. Il but une gorgée de chocolat et faillit s'étouffer. Le foulard était si serré que rien n'entrait dans son gosier ! Le roi Léon reposa le bol. Maître Alé s'inquiéta.

— Ce n'est pas bon ?

— *Si, si. Mais yé mange très pô*, mentit le roi. *C'est miô por la santé.*

Le gorille et l'éléphant se regardèrent.

— Le roi, lui, en aurait pris trois ou quatre fois ! s'exclama Maître Tastic. C'est un gros gourmand.

— Moi ! Un gros gourmand ? protesta le roi Léon en oubliant de changer sa voix.

— Pas vous, Noël. Votre frère Léon, rectifia Maître Tastic.

Le roi se mordit les lèvres. Il avait bien failli vendre la mèche[1].

---

1. *Vendre la mèche* veut dire « révéler le secret ».

— Votre foulard est superbe, déclara Maître Alé. J'ai toujours rêvé d'en avoir un comme celui-là.

L'occasion était trop belle. Le roi Léon dénoua le carré de tissu.

— *Eh bien, tenez. Yé vos l'offre.*

Maintenant, il allait pouvoir manger !

— Vous êtes trop généreux, fit Maître Alé, ému. On ne m'a jamais rien donné d'aussi beau. Attendez, je vous débarrasse.

Le Grand Cuisinier enleva le bol de chocolat et l'assiette avant que le roi Léon ait pu avaler une seule bouchée. Zut !

Le Grand Chambellan tira le roi Léon par le coude.

— Venez, Noël, je vais vous montrer le palais.

— *Et après vos mé donnerez mon cadeau ?*

— Oui.

Le roi Léon suivit Maître Tastic en essayant de faire taire les gargouillis de son estomac.

5

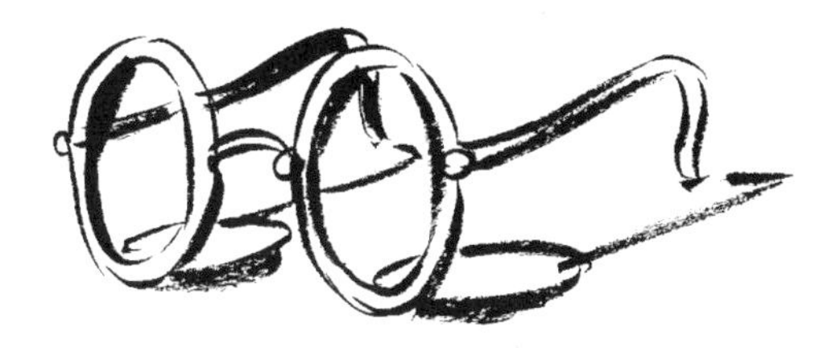

Échange de vues

Le roi Léon ne voyait rien de rien avec ses lunettes. En sortant des cuisines, il tomba deux fois dans l'escalier, buta du nez contre une porte et embrassa quatre ou cinq piliers qui traînaient par là.

Dans le couloir menant à la Grande Bibliothèque, ils rencontrèrent la taupe Inambour. La pauvre marchait en zigzag, pattes tendues en avant. Comme Maître Tastic occupait presque toute la place, elle ne put l'éviter. Dame Inambour s'excusa en plissant les yeux :

— Pardon, mademoiselle. Je ne vous ai pas vue. Un mauvais plaisantin a chapardé mes lunettes.

Le roi Léon rougit, car le plaisantin, c'était lui ! Il les avait empruntées en cachette pour son déguisement.

— *Qué moi aussi y'ai des lounettes. Porqué vos né les essayez pas ?*

Dame Inambour accepta la proposition. Elle prit les lunettes que le roi Léon lui tendait.

— Extraordinaire ! On dirait qu'elles ont été faites pour moi !

— *Gardez-les alors,* déclara le roi, trop content de s'en débarrasser. *Yé vos les donne.*

La taupe le remercia et s'en alla, heureuse d'avoir retrouvé la vue.

Le Grand Chambellan regardait le roi avec admiration.

— Vous êtes vraiment très généreux.

Le roi Léon craignait que Maître Tastic le reconnaisse, maintenant qu'il n'avait plus ni foulard ni lunettes. Il enfonça donc son casque un peu plus sur son crâne et dit :

— *Euh…, si nos allions chercher cé cadeau ?*

— Oui, mais passons d'abord chez le Grand Opticien. Il vous fabriquera une nouvelle paire de lunettes.

Le roi secoua la tête.

— *Non, non. C'est inoutile. Dé tote manière, yé né les porte pas sovent.*

Mais le Grand Chambellan ne voulut rien entendre.

— Ne faites pas l'enfant. Cela ne prendra qu'un instant.

Maître Tastic entraîna le roi par le bras pour l'obliger à le suivre.

Qu'il faisait chaud sous ce casque ! Le roi Léon suait à grosses gouttes. Dans son cabinet, le Grand Opticien, l'okapi Jama, choisit une paire de lunettes et les posa sur le museau du roi. Ensuite, il désigna un carton sur lequel des lettres étaient inscrites.

— Lisez la première ligne, s'il vous plaît.

— *Yé né pô pas*, déclara le roi.

Maître Jama changea plusieurs fois de lunettes sans plus de succès.

— Bizarre ! finit-il par dire. Laissez-moi vérifier une chose.

Il enleva les verres.

— Qu'y a-t-il d'écrit sur le carton ?

— *ZDVBDE,* répondit le roi, *mais y'ignore qué cé qué ça vô dire.*

Le Grand Opticien leva les pattes au ciel.

— Incroyable ! Je ne sais pas ce qui s'est passé, mais votre vue est parfaite. Vous n'avez plus besoin de lunettes.

Bon comédien, le roi Léon bondit de sa chaise et serra Maître Jama dans ses pattes.

— *Vos m'avez guéri ! Vos êtes mon sauvôr !*

— Allons, allons. Je n'ai fait que mon devoir.

— *Yé vô vos remercier. Tenez, yé vos offre cé casque. Porqué vos êtes si grand, vos devez vos cogner tot le temps la tête.*

Le Grand Opticien se confondit en remerciements[1].

— *Maintenant nos povons aller chercher mon cadeau*, déclara le roi Léon en se tournant vers le Grand Chambellan.

---

1. *Se confondre en remerciements*, c'est dire « merci » très, très souvent.

6

Petit mensonge deviendra grand

— J'ai organisé une petite fête pour vous, expliqua le Grand Chambellan. Il y aura du gâteau et des jeux. Après, je vous remettrai votre cadeau.

Enfin ! Le roi Léon était si content qu'il se frotta les pattes.

Dans le corridor, ils croisèrent le kangourou Doudou. Celui-ci les salua en disant :

— Bonjour, Majesté.

Zut ! On l'avait reconnu. Le roi ne répondit pas. Il enfonça simplement la tête entre ses épaules et jeta un coup d'œil inquiet à Maître Tastic. Heureusement, l'éléphant n'avait rien entendu. Ouf ! Un peu plus loin, ils rencontrèrent l'ocelot Dulac. Lui aussi hocha la tête en disant :

— Bonjour, Majesté.

Rezut ! Le roi Léon se courba encore plus, en retenant sa respiration. Maître Tastic ne réagit pas. Re-ouf ! Encore un peu plus loin, le roi vit l'hermine Derien avancer dans leur direction. Quand elle arriva à leur hauteur, elle fit un grand sourire au roi en disant :

— Bonjour, Majesté.

Cette fois, la chose ne passa pas inaperçue : le Grand Chambellan s'arrêta et dévisagea le roi d'un air songeur.

— *Qué c'est qu'il y a ? Y'ai oun boton sour lé nez ?* interrogea nerveusement le roi.

— Non, mais c'est curieux. Sans votre casque, vos lunettes et votre foulard, Noël, vous ressemblez au roi Léon trait pour trait.

Aïe ! Le Grand Chambellan allait tout

deviner. Le roi s'empressa d'inventer une explication pour écarter ses soupçons.

— *C'est porqué nos sommes des youmeaux.*

— Des « youmeaux » ?

— *Si. Des youmeaux. Vos savez, comme oun reflet dans oun miroir.*

— Ah ! des jumeaux. Je comprends.

Le roi se crut tiré d'affaire puis il vit les sourcils de Maître Tastic se froncer. L'éléphant se méfiait.

— Votre frère a célébré son anniversaire le 27 juillet et nous voici le 25 décembre. Comment est-ce possible ? Si vous êtes des jumeaux, vous devriez être nés le même jour.

Aïe, aïe, aïe ! Le roi Léon bredouilla :

— *Vos avez raison. Yé vos explique. C'est la faute à notre maman. Elle a changé la date dé ma naissance, porqué elle né volait pas dé youmeaux.*

— Ridicule !

— *Si, si, yé vos assoure. Maman était oune excentrique*[1]*. Même qu'à ma fête, au liô dé mettre les bogies sour oun gâteau, elle les mettait sour oun sapin !*

1. Quelqu'un d'*excentrique*, c'est quelqu'un qui ne fait jamais rien comme les autres.

Le roi Léon se rendit compte que le mensonge était gros. Le Grand Chambellan ne semblait convaincu qu'à moitié. Alors, sans réfléchir, il déclara :

— *Si vos né mé croyez pas, démandez-lé à mon frère.*

Et Maître Tastic de répondre :

— Excellente idée. Allons-y tout de suite.

7

Fuyons !

Le roi Léon était dans de beaux draps[1]. Quand Maître Tastic cognerait à la porte de sa chambre, personne ne répondrait. Alors, il comprendrait la mascarade. Il raconterait que le roi Léon est un menteur, et tous les animaux du palais le montreraient du doigt. Quelle honte ! Non, le roi ne le permettrait pas. Il devait trouver une solution. Le roi Léon retint Maître Tastic par le bras.

— *Yé préfère né pas voir Léon.*

---

1. *Être dans de beaux draps,* c'est se trouver dans une mauvaise situation.

— Pourquoi ?

— *Porqué yé crois qu'il né m'aime pas. Nos nos dispoutons tot lé temps.*

— Allons donc. C'est votre frère.

— *Yé sais, mais qué c'est comme ça.*

— Dans ce cas, le moment est venu de vous réconcilier. Venez.

Le Grand Chambellan était vraiment têtu.

— *Non, non,* supplia le roi. *Il est malade. Yé né vô pas lé déranger. Il vaut miô qu'il sé répose.*

— Croyez-moi, il n'est pas si malade que vous le pensez. Et puis, il s'est assez reposé comme cela.

Malheur ! Ils arrivaient déjà à la chambre. Maître Tastic cogna à la porte.

— Majesté ? Majesté ?

Pas de réponse. Évidemment, il n'y avait personne à l'intérieur. Le Grand Chambellan insista.

— Majesté, ouvrez. J'ai quelqu'un avec moi qui voudrait vous parler.

Le roi Léon sut que tout était perdu. Il déclara :

— *Oh ! y'avais oublié. Ma maman m'attend. Yé dois partir tot dé souite porqué sinon, elle va s'inquiéter. Yé né pô pas rester plous longtemps. Yé reviendrai oune autre fois. Dites bonyour à mon frère por moi. Adiô.*

Et notre héros s'enfuit à toutes pattes vers la sortie du palais. Il entendit derrière lui les pas du Grand Chambellan qui essayait de le rattraper.

— Attendez, cria Maître Tastic. Ne vous en allez pas. Votre cadeau ! Vous oubliez votre cadeau !

— *C'est por vos. Gardez-le. Yé vos lé donne.*

Maître Tastic s'arrêta, à bout de souffle. Il regarda le roi se sauver et disparaître au bout du couloir.

8

Une bonne idée

Le roi Léon n'avait jamais couru si vite de sa vie. Sitôt hors du palais, il récupéra sa couronne et sa cape et traversa à toute allure le Grand Passage secret. Il arriva dans sa chambre au moment précis où le Grand Chambellan frappait de nouveau à la porte.

— Sire. Êtes-vous là, Sire ?

Le roi était tout essoufflé.

— Est-ce que… pouf, pouf… Noël… pouf, pouf… est encore avec vous ?

— Non. Il a quitté le palais. Ouvrez, Majesté.

— Voilà, voilà.

Le roi sortit de la chambre, de mauvaise humeur.

— Enfin. Il est parti. Bon débarras.

— Ne parlez pas ainsi, Majesté. Vous connaissez mal votre frère.

Et le Grand Chambellan lui raconta comment Noël avait remercié les habitants du palais en leur offrant des cadeaux : son foulard, ses lunettes, son casque.

— Regardez. Il m'a même donné les billes que vous m'aviez suggéré de lui remettre pour son anniversaire.

Le roi Léon écarquilla[1] les yeux. Les belles billes ! Une mauve, une œil-de-chat,

---

1. Ouvrit très grands.

une givrée ! Il n’en avait pas de pareilles dans sa collection. Quelle misère !

— Hum ! grogna le roi. Effectivement, je ne le savais pas si généreux.

— Sire, j'ai une idée, fit soudain Maître Tastic. Si nous organisions une fête en souvenir de lui ? Nous mettrions des bougies sur un sapin et chacun ferait un cadeau à ses amis. Ce serait fort amusant.

Le roi Léon changea d'humeur.

— Vous pourriez m'offrir vos billes, par exemple ?

— Euh… oui, bien sûr, Majesté.

Le roi eut un large sourire.

— C'est une excellente idée, Tastic. Je décrète qu'à partir d'aujourd'hui, il y aura une nouvelle fête chaque année, le 25 décembre. Nous l'appellerons la fête euh… la fête… Comment allons-nous l'appeler ?

— Pourquoi pas la fête de Noël, Majesté ?

Est-ce vrai ?

Oui, la taupe voit très mal parce qu'elle passe sa vie entière ou presque sous terre. En revanche, elle entend très bien. De tous les mammifères, c'est elle qui a aussi le meilleur odorat. Animal nocturne, la taupe se nourrit surtout des insectes qu'elle découvre dans le sol.

Non, les jumeaux ne sont pas tous identiques. Il y a des vrais et des faux jumeaux. Les faux, même s'ils naissent le même jour, peuvent être frère et sœur et ne pas se ressembler. Les vrais sont toujours du même sexe et se ressemblent comme deux gouttes d'eau. Les faux jumeaux viennent de la fécondation de deux œufs différents, dans le ventre de la maman. Les vrais, eux, viennent de la division du même œuf en deux, après sa fécondation.

Oui, autrefois, on décorait le sapin avec des bougies, à Noël. C'est pourquoi il y avait souvent des incendies à cette période de l'année. Le problème disparut avec l'invention de l'électricité, car les bougies furent remplacées par des ampoules électriques.

Non, l'okapi n'est pas un zèbre, bien qu'il vive aussi en Afrique et lui ressemble, avec son pelage rayé. En réalité, l'okapi fait partie de la même famille que la girafe. Il ne mesure toutefois qu'un peu plus de 1,50 mètre de hauteur (alors que la girafe mesure 5 mètres). En revanche, sa langue est si longue qu'il peut se lécher derrière les oreilles !

Les Éditions du Boréal
4447, rue Saint-Denis
Montréal (Québec) H2J 2L2
www.editionsboreal.qc.ca

MISE EN PAGES ET TYPOGRAPHIE :
LES ÉDITIONS DU BORÉAL

CE DEUXIÈME TIRAGE A ÉTÉ ACHEVÉ D'IMPRIMER EN DÉCEMBRE 2004
SUR LES PRESSES DE L'IMPRIMERIE TRANSCONTINENTAL IMPRESSION
IMPRIMERIE MÉTROLITHO, À SHERBROOKE (QUÉBEC).